HÉSIODE ÉDITIONS

THÉOPHILE GAUTIER

Le Petit chien de la marquise

Hésiode éditions

© Hésiode éditions.

22 rue Gabrielle Josserand - 93500 Pantin.
ISBN 978-2-38512-225-6
Dépôt légal : Novembre 2023

Impression Books on Demand GmbH

In de Tarpen 42
22848 Norderstedt, Allemagne

Le Petit chien de la marquise

CHAPITRE PREMIER

LE LENDEMAIN DU SOUPER

Il ne fait pas encore jour chez Éliante ; cependant midi vient de sonner.

Midi, l'aurore des jolies femmes ! Mais Éliante était priée d'un souper chez la baronne, où l'on a été d'une folie extrême ; Éliante n'a mangé, il est vrai, que des petits pieds, des œufs de faisan au coulis et autres drogues ; elle a à peine trempé ses lèvres roses dans la mousse du vin de Champagne et bu deux travers de doigt de crème des Barbades ; car Éliante, comme toute petite-maîtresse, a la prétention de ne vivre que de lait pur et d'amour. Pourtant elle est plus lasse que de coutume et ne recevra qu'à trois heures.

L'abbé V***, qui était du souper, s'est montré d'une extravagance admirable, et le chevalier a fait au commandeur la mystification la plus originale ; ce qu'il y a de parfait, c'est que le brave commandeur n'a pas voulu croire qu'il a été mystifié. À la petite pointe du jour, l'on a été en calèche découverte manger la soupe à l'oignon dans la maison du garde pour se remettre en appétit, et après le déjeuner la présidente a ramené dans son vis-à-vis Éliante, dont le carrosse n'était pas encore arrivé.

Éliante, un peu fatiguée, vient d'entr'ouvrir son bel œil légèrement battu, et un faible sourire, qui dégénère en un demi-bâillement, voltige sur sa petite bouche en cœur que l'on prendrait pour une rose pompon. Elle pense aux coq-à-l'âne de l'abbé et aux impertinences du chevalier, au nez de plus en plus rouge de la pauvre présidente ; mais ces souvenirs agréables s'effacent bientôt et se confondent dans une pensée unique.

Car, il faut bien se l'avouer, si coquet et si galant qu'ait été M. l'abbé, si turlupin que se soit montré M. le chevalier, le succès de la soirée n'a pas été pour eux.

Un autre personnage, qui n'a rien dit et que l'on a trouvé plus spirituel qu'eux, qui ne s'était pas mis en frais de toilette et qu'on a déclaré le suprême de la grâce et de l'élégance, a réuni tous les suffrages de l'assemblée ; l'abbé lui-même, quoiqu'il en fût jaloux, a été forcé de reconnaître ce mérite hors du commun et de saluer l'astre naissant.

Ce personnage, dont toutes les dames raffolaient et qui occupe en ce moment la pensée d'Éliante, pour ne pas vous faire consumer en recherches et en conjectures inutiles un temps que vous pourriez employer beaucoup mieux, n'est autre chose que le petit chien de la marquise, un bichon incomparable qu'elle avait apporté dans son manchon ouaté.

CHAPITRE II

LE BICHON FANFRELUCHE

Pour faire l'éloge de ce bichon merveilleux, il faudrait arracher une plume à l'aile de l'Amour ; la main des Grâces serait seule assez légère pour tracer son portrait ; le crayon de Latour n'aurait rien de trop suave.

Il s'appelle Fanfreluche, très joli nom de chien, qu'il porte avec honneur.

Fanfreluche n'est pas plus gros que le poing fermé de sa maîtresse, et l'on sait que madame la marquise a la plus petite main du monde ; et cependant il offre à l'œil beaucoup de volume et paraît presque un petit mouton, car il a des soies d'un pied de long, si fines, si douces, si brillantes, que la queue à Minette semble une brosse en comparaison. Quand il donne la patte et qu'on la lui serre un peu, l'on est tout étonné de ne rien sentir du tout. Fanfreluche est plutôt un flocon de laine soyeuse, où brillent deux beaux yeux bruns et un petit nez rose, qu'un véritable chien. Un pareil bichon ne peut qu'appartenir à la mère des Amours, qui l'aura perdu en allant à Cythère, où madame la marquise, qui y va quelquefois, l'a probablement trouvé.

Regardez-moi cette physionomie intéressante et spirituelle ; Roxelane n'aurait-elle pas été jalouse de ce nez délicatement rebroussé et séparé dans le milieu par une petite raie comme celui d'Anne d'Autriche ? Ces deux marques de feu, au-dessus des yeux, ne font-elles pas meilleur effet que l'assassin posé de la manière la plus engageante ?

Quelle vivacité dans cette prunelle à fleur de tête ! et cette double rangée de dents blanches, grosses comme des grains de riz, que la moindre contrariété fait apparaître dans toute leur splendeur, quelle duchesse n'envierait leur pureté et leur éclat ? Le charmant Fanfreluche, outre les moyens physiques de plaire, possède mille talents de société : il danse le menuet avec plus de grâce que Marcel lui-même ; il sait donner la patte et marquer l'heure ; il fait la cabriole pour la reine et Mesdames de France, et distingue sa droite de sa gauche. – Fanfreluche est très docte et il en sait plus que messieurs de l'Académie ; s'il n'est pas académicien, c'est qu'il n'a pas voulu : il a pensé, sans doute, qu'il y brillerait par son absence. L'abbé prétend qu'il est fort comme un Turc sur les langues mortes, et que, s'il ne parle pas, c'est une pure malice de sa part et pour faire enrager sa maîtresse.

Du reste, Fanfreluche n'a point la voracité animale des chiens ordinaires. Il est très friand, très gourmet et d'une nourriture difficile ; il ne mange absolument qu'un petit vol-au-vent de cervelle qu'on fait exprès pour lui, et ne boit qu'un petit pot de crème qu'on lui sert dans une soucoupe du Japon. Cependant, quand sa maîtresse soupe en ville, il consent à sucer un bout d'aile de poularde et à croquer une sucrerie du dessert ; mais c'est une faveur rare qu'il ne fait pas à tout le monde, et il faut que le cuisinier lui plaise. Fanfreluche n'a qu'un petit défaut ; mais qui est parfait en ce monde ? Il aime les cerises à l'eau-de-vie et le tabac d'Espagne, dont il mange de temps en temps une prise ; c'est une manie qui lui est commune avec le prince de Condé.

Dès qu'il entend grincer la charnière de la boîte d'or du commandeur, il faut voir comme il se dresse sur ses pattes de derrière et comme il tambourine avec sa queue sur le parquet ; et, si la marquise, enfoncée dans les délices du whist ou du reversi, ne le surveille pas exactement, il saute sur les genoux de l'abbé, qui lui donne trois ou quatre cerises confites. Avec cela, Fanfreluche, qui n'a pas la tête forte, est gris comme un suisse et deux chantres d'église ; il fait les plus drôles zigzags du monde, et devient d'une férocité extraordinaire à l'endroit des mollets un peu absents du chevalier, qui, pour conserver ce qui lui en reste, est obligé de serrer ses jambes sur un fauteuil. Ce n'est plus un petit chien, c'est un petit lion, et il n'y a que la marquise qui puisse en faire quelque chose. Il faut voir les singeries et les mutineries qu'il fait avant de se laisser remettre dans son manchon ou coucher dans sa niche de bois de rose matelassée de satin blanc et garnie de chenille bleue. On ne sait pas combien les incartades de Fanfreluche ont valu de coups de busc et d'éventail sur les doigts à M. l'abbé, son complice.

CHAPITRE III

UN PASTEL DE LATOUR

Si la transition n'est pas trop brusque d'un joli chien à une jolie femme, permettez-moi de vous tirer un léger crayon d'Éliante.

Éliante est d'une jeunesse incontestable ; elle a encore dix ans à dire son âge sans mentir ; le nombre de ses printemps ne se monte qu'à un chiffre peu élevé. C'est bien le cas de dire : Aurea mediocritas. On sait encore où sont les morceaux de sa dernière poupée, et elle est si notoirement enfant, qu'elle accepte sans hésiter les rôles de vieille, de duègne et de grand'mère dans les proverbes et les charades de société. Heureuse Éliante, qui ne craint pas d'être confondue avec le personnage qu'elle représente, et qui peut se grimer hardiment sans courir le risque de faire prendre ses fausses rides pour de vraies !

En revanche, madame la présidente, dont le nez s'échauffe visiblement, à la grande satisfaction de ses amies, et qui commence à se couperoser en diable, trouve les rôles de jeune veuve de vingt-cinq ans beaucoup trop vieux pour elle.

Éliante, qui est née et ne voit que l'extrêmement bonne compagnie, a épousé à quinze ans le comte de *** ; elle sortait du couvent et n'avait jamais vu son prétendu, qui lui sembla fort beau et fort aimable ; c'était le premier homme qu'elle voyait après le Père confesseur. Elle ne comprenait d'ailleurs du mariage que la voiture, les robes neuves et les diamants.

Le comte a bien quarante ans passés ; il a été ce qu'on nomme un roué, un homme à bonnes fortunes, un coureur d'aventures sous le règne de l'autre roi. Il est parfait pour sa femme ; mais, comme il avait ailleurs une affaire réglée, un engagement formel, son intimité avec Éliante n'a jamais été bien sérieuse, et la jeune comtesse jouit de toute la liberté désirable, le comte n'étant nullement susceptible de jalousie et autres préjugés gothiques.

La figure d'Éliante n'a pas de ces régularités grecques dont on s'accorde à dire qu'elles sont parfaitement belles, mais qui au fond ne charment personne ; elle a les plus beaux yeux du monde et un jeu de prunelles supérieur, des sourcils finement tracés qu'on prendrait pour l'arc de Cupidon, un petit nez fripon et chiffonné qui lui sied à ravir, une bouche à n'y pas fourrer le petit doigt : ajoutez à cela des cheveux à pleines mains, et qui, lorsqu'ils sont dénoués, lui vont jusqu'au jarret ; des dents si pures, si bien faites, si bien rangées, qu'elles forceraient la douleur à éclater de rire pour les montrer ; une main fluette et potelée à la fois, un pied à chausser la pantoufle de Cendrillon, et vous aurez un ensemble d'un régal assez exquis. Éliante, dans toute sa mignonne perfection, n'a de grand que les yeux. Le principal charme d'Éliante consiste dans une grâce extrême et une manière de porter les choses les plus simples. La grande toilette de cour lui va bien ; mais le négligé lui sied davantage. Quelques indiscrets prétendent qu'elle est encore mieux sous le linge. Cette opinion nous paraît ne pas manquer de probabilité.

CHAPITRE IV

POMPADOUR

Éliante est appuyée sur son coude, qui s'enfonce à moitié dans un oreiller de la plus fine toile de Hollande, garnie de point d'Angleterre. Elle rêve aux perfections de l'inimaginable Fanfreluche ; elle soupire en pensant au bonheur de la marquise ; Éliante donnerait volontiers trois mousquetaires et deux petits collets en échange du miraculeux bichon.

Pendant qu'elle rêve, jetons un coup d'œil dans sa chambre à coucher, d'autant que cette occasion de décrire la chambre à coucher d'une jolie femme du temps ne se présentera pas de sitôt, et que le Pompadour est aujourd'hui à la mode.

Le lit de bois sculpté, peint en blanc, rehaussé d'or mat et d'or bruni, pose sur quatre pieds tournés avec un soin curieux. Les dossiers, de forme cintrée, surmontés d'un groupe de colombes qui se becquètent, sont rembourrés moelleusement pour éviter que la jolie dormeuse ne se frappe la tête en faisant quelque rêve un peu vif où l'illusion approche de la réalité. Un ciel, orné de quatre grands bouquets de plumes et fixé au plafond par un câble doré, soutient une double paire de rideaux d'une étoffe couleur cuisse de nymphe moirée d'argent. Dans le fond, il y a une grande glace à trumeau festonné de roses et de marguerites mignonnement découpées ; cette glace réfléchit les attitudes gracieuses de la comtesse, fait d'utiles trahisons à ses charmes en montrant ce qu'on ne doit pas laisser voir. En outre, elle égaye et donne de l'air et du jour à ce coin un peu sombre. Éliante est tournée de façon à n'avoir pas besoin de s'entourer des prudences du mystère ; elle n'a que faire du demi-jour et des teintes ménagées.

Sur un guéridon tremble, dans une veilleuse de vieux sèvres, une petite étoile timide, à qui les joyeux rayons du soleil, qui filtrent par l'interstice des rideaux et des volets, ont enlevé sa nocturne auréole ; car l'on croyait que madame rentrerait de bonne heure, au sortir de l'Opéra, et les préparatifs de son coucher avaient été faits comme à l'ordinaire.

Les dessus de portes, en camaïeu lilas tendre, représentent des aventures mythologiques et galantes. Le peintre a mis beaucoup de feu et de volupté dans ces compositions, qui inspireraient, par la manière agréable et leste dont elles sont touchées, des idées amoureuses et riantes à la prude la plus rigide et la plus collet monté.

La tenture, semblable aux rideaux, est retenue par des ganses, des cordes à puits et des nœuds d'argent. Cette tapisserie a l'avantage, par l'extrême fraîcheur de ses teintes, de faire paraître épouvantables et enluminées comme des furies toutes les personnes qui n'ont pas, comme Éliante, un teint à l'épreuve de tout rapprochement. Cette nuance a été malicieusement choisie par la jeune comtesse pour faire enrager deux de ses meilleures amies que l'abus du rouge a rendues jaunes comme des coings, et qu'elle affecte de recevoir toujours dans cette pièce.

Des miroirs avec des cadres rocaille remplissent l'entre-deux des croisées ; il ne saurait y avoir trop de glaces dans la chambre d'une jolie femme ; mais aussi je casserais volontiers celles qui sont exposées à doubler de sots visages. Est-ce que ce n'est pas assez de voir une fois la présidente et la vieille douairière de B*** ?

La cheminée est chargée de magots de la Chine, de groupes de biscuit et de porcelaine de Saxe. Deux grands vases en vert céladon craquelé, richement montés, garnissent les deux angles. Une superbe pendule de Boule, incrustée d'écaille, et dont l'aiguille est sur le chemin de trois heures, pose sur un piédouche d'une égale magnificence et terminé par des feuillages d'or. Devant la cheminée où brille une grande flamme, un garde-feu en filigrane argenté se replie plusieurs fois et se brise à angle aigu. Des écrans de damas avec des bois sculptés, une duchesse et un métier pour broder au tambour, complètent l'ameublement de ce côté.

Un paravent en véritable laque de Chine, tout chamarré de hérons à longues aigrettes, de dragons ailés, d'arbres palmistes, de pêcheurs avec des cormorans sur le poing, empêche le perfide vent coulis de pénétrer dans ce sanctuaire des Grâces ; un tapis de Turquie, apporté par M. le comte qui fut autrefois ambassadeur près la Sublime Porte, amortit le bruit des pas, et de doubles volets matelassés empêchent les sons extérieurs de pénétrer dans cet asile du repos et de l'amour. Telle était la chambre à coucher de la comtesse Éliante.

Nous espérons que, pour la littérature de commissaire-priseur où nous vivons, l'on nous pardonnera aisément cette description un peu longue, en songeant qu'il ne tenait qu'à nous qu'elle le fût deux fois plus, et que personne n'aurait pu nous faire mettre en prison pour cela.

CHAPITRE V

POURPARLER

FANCHONNETTE, la femme de chambre de madame Éliante, entre sur la pointe du pied, s'avance timidement jusqu'auprès du lit, et voyant qu'Éliante ne dort plus : Madame…

ÉLIANTE.
Eh bien Fanchonnette, qu'y a-t-il ? est-ce que le feu est à la maison ? tu as l'air tout effaré.

FANCHONNETTE.
Non, madame, le feu n'est pas à la maison, c'est pis que cela : M. le duc Alcindor qui fait pied de grue depuis deux heures, et qui voudrait entrer.

ÉLIANTE.
Il faut lui dire que je ne suis pas visible, que j'ai une migraine affreuse, que je n'y suis pas.

FANCHONNETTE.
Je lui ai dit tout cela, il ne veut pas s'en aller ; il prétend que, si vous êtes sortie, il faudra bien que vous rentriez, et que, si vous êtes chez vous, il faudra bien que vous finissiez par sortir. Il est décidé à faire le blocus de votre porte.

ÉLIANTE.
Quel homme terrible !

FANCHONNETTE.
Il va se faire apporter une tente et des vivres pour s'établir définitivement dans votre salon. La démangeaison qu'il a de vous parler est si grande qu'il escaladera plutôt la fenêtre.

ÉLIANTE.

Quelle étrange fantaisie ! Cela est d'une folie qui ne rime à rien ! Que peut-il donc avoir à me dire ? Fanchonnette, comment suis-je aujourd'hui ? je me trouve d'une laideur affreuse ; il me semble que j'ai l'air de Mme de B***.

FANCHONNETTE.

Au contraire, madame n'a jamais été plus charmante ; elle a le teint d'une fraîcheur admirable.

ÉLIANTE.

Rajuste un peu ma cornette et va dire au duc que je consens à le recevoir.

CHAPITRE VI

LA RUELLE D'ÉLIANTE

ÉLIANTE, LE DUC ALCINDOR.

ALCINDOR.
Incomparable Éliante, vous voyez devant vous le plus humble de vos sujets que le grand désir qu'il avait de déposer ses hommages sur les marches de votre trône a poussé jusqu'à la dure nécessité de se rendre importun.

ÉLIANTE.
Duc, je vous ferai observer que je suis couchée et non sur un trône, et je vous demanderai en même temps pardon de ne pas vous recevoir debout.

ALCINDOR.
Est-ce que le lit n'est pas le trône des jolies femmes ? Quant à ce qui est de ne pas me recevoir debout, j'espère que vous me permettrez de considérer cela comme une faveur.

ÉLIANTE.
Au fait, vous m'y faites penser, je vous défends, Alcindor, de regarder comme une faveur d'être admis dans ma ruelle vous êtes un homme si pointilleux, qu'il faut prendre ses précautions avec vous.

ALCINDOR.
Méchante, vous fûtes toujours pour moi de la vertu la plus ignoble, et cependant Dieu sait que j'ai toujours nourri à votre endroit la flamme la plus vive. Vous me faites sentir des choses…

ÉLIANTE.
Alcindor, quand vous parlerez de votre flamme, allumez un peu votre

œil et tâchez d'avoir un débit un peu moins glacial ; on dirait que vous avez peur d'être pris au mot.

ALCINDOR.
Vous dites là des choses affreuses, Éliante ; il en faudrait dix fois moins pour perdre un homme de réputation. Heureusement que de ce côté-là je suis à couvert. Je vous ferai voir…

ÉLIANTE.
On ne veut point voir.

ALCINDOR, prenant un livre sur la table.
Qu'est ceci ? encore une production nouvelle ? quelque rapsodie ? Messieurs les auteurs sont vraiment des animaux malfaisants. Est-ce que vous recevez de ces espèces-là ?

ÉLIANTE.
Mon Dieu ! non. J'ai deux poètes qui couchent à l'écurie et mangent à l'office. Ils me font remettre ce fatras par Fanchonnette, qu'il appellent Iris et Vénus.

ALCINDOR, se rapprochant du lit.
Au vrai, la cornette de nuit vous va à ravir, et vous êtes charmante en peignoir.

ÉLIANTE.
Oh non, je suis laide à faire peur.

ALCINDOR.
Je vous demande un million de pardons de vous donner un démenti, mais cela est de la plus insigne fausseté. Dussé-je me couper la gorge avec vous, je ne me rétracterai pas.

ÉLIANTE.
Je dois avoir la figure toute bouleversée ; je n'ai pas fermé l'œil.

ALCINDOR.
Vous avez une fraîcheur de dévote et de pensionnaire. Je vous trouve les yeux d'un lumineux particulier. Est-ce que vous étiez d'un petit souper chez la baronne ? On dit que tout y a été du dernier mieux. L'abbé surtout était impayable, à ce qu'on dit. Je me meurs de chagrin de ne pas m'être rendu à l'invitation de cette chère baronne, mais on ne peut pas être partout. Ce que je crève de chevaux est incroyable ; mon coureur est sur les dents, et je ne sais vraiment pas comment j'y résiste. Ah ! vous étiez de cette partie ? D'honneur ! je vais m'aller pendre ou jeter à l'eau en sortant d'ici de ne l'avoir pas deviné.

ÉLIANTE.
La marquise y est venue avec un petit chien que je ne lui connaissais pas, un bichon de la plus belle race, je n'en ai jamais vu un pareil ! il s'appelle Fanfreluche. Ô l'amour de chien ! Duc, quelle est donc la cause qui vous faisait tant désirer me voir ?

ALCINDOR.
Je voulais vous voir ; n'est-ce pas un excellent motif ?

ÉLIANTE.
Si fait, très excellent. Mais n'aviez-vous point quelque chose de plus important à me dire ?

ALCINDOR.
Pardieu ! je désirais vous faire ma déclaration en règle et m'établir en qualité de soupirant en pied auprès de vos perfections.

ÉLIANTE.
Vous extravaguez, duc ; vous savez tout aussi bien que moi que vous

n'êtes pas amoureux le moins du monde.

ALCINDOR.
Ah ! belle Éliante, figurez-vous que j'ai le cœur percé de part en part ; regardez plutôt derrière mon dos, vous verrez la pointe de la flèche.

ÉLIANTE.
Une physionomie intéressante au possible ; des soies longues comme cela, des marques de feu, des pattes torses. Oh mon Dieu ! je crois que je deviendrai folle si je n'ai un bichon pareil ; mais il n'en existe pas !

ALCINDOR.
Je vous aime, là, sérieusement.

ÉLIANTE.
Une queue en trompette.

ALCINDOR.
Je vous adore !

ÉLIANTE.
Des oreilles frisées.

ALCINDOR.
Ô femme divine !

ÉLIANTE.
Ô charmant animal ! L'abbé dit qu'il parle hébreu. Mon Dieu ! que je suis malheureuse ! il danse si bien ! Je déteste cette marquise ; c'est une intrigante, et elle a de faux cheveux.

ALCINDOR.
Que faut-il faire pour vous consoler ? Faut-il traverser la mer, sauter à

pieds joints sur les tours Notre-Dame ? C'est facile, parlez.

ÉLIANTE.
Je ne veux que Fanfreluche ; je n'ai eu dans ma vie qu'un seul désir violent, et je ne puis le satisfaire. Je crois que j'en aurai des vapeurs ; ah ! les nerfs me font déjà un mal affreux. Duc, passez-moi les gouttes du général Lamothe. Tenez, ce flacon sur la table… je me sens faible.

ALCINDOR, lui faisant sentir le flacon.
L'admirable tour de gorge que vous avez là ! c'est du point de Malines ou de Bruxelles, si je ne me trompe.

ÉLIANTE.
Alcindor ! finissez ; vous m'agacez horriblement. Ah ! j'embrasserais de bon cœur le diable, mon mari lui-même, s'il paraissait ici avec Fanfreluche sous le bras !

ALCINDOR.
C'est fort ! Dans le même cas serais-je plus maltraité que le diable et votre mari ?

ÉLIANTE.
Non ; peut-être mieux. – C'est mon dernier mot. Sonnez Fanchonnette, qu'elle vienne me lever et m'habiller.

ALCINDOR.
Je vous obéis, madame. Ma foi ! le sort en est jeté, je me fais voleur de chien.

Ô mes aïeux, pardonnez-moi ! Jupiter s'est bien changé en oie et en taureau ; c'était déroger encore plus. L'amour se plaît à réduire les plus hauts courages à ces dures extrémités. Adieu, madame, au revoir, je vais à la conquête de la toison d'or.

ÉLIANTE.

Adieu. Cupidon et Mercure vous soient en aide ! Ayez bien soin de ne revenir qu'avec Fanfreluche, ou je vous annonce que je vous recevrai en tigresse d'Hyrcanie, à belles dents et à belles griffes. Voilà Fanchonnette ; bonsoir, duc.

CHAPITRE VII

Alcindor, rentré chez lui, se jeta sur une chaise longue et poussa un soupir modulé et flûté qui se pouvait traduire ainsi « Que le diable emporte toutes ces bégueules maniérées et vaporeuses, avec leurs fantaisies extravagantes ! » Il pencha sa tête en arrière, regarda fixement les moulures du plafond et allongea languissamment sa main vers le cordon de moire d'une sonnette. Il l'agita à plusieurs reprises, mais personne ne vint. Comme Alcindor était naturellement fort vif et ne pouvait souffrir le moindre retard, il se pendit des deux mains au cordon de la sonnette, qui se rompit. Alcindor, privé de ce moyen de communication avec le monde de l'office et de l'antichambre, et décidé à ne pas sortir de sa chaise, se mit à faire un vacarme horrible.

« Holà ! Giroflée, Similor, Marmelade, Galopin, Champagne, quelqu'un ! Il n'y a pas une personne de qualité en France qui soit plus mal servie que moi ! Holà ! maroufles, butors, belîtres, marauds, gredins, vous aurez cent coups de bâton ! gare les épaules du premier qui entrera ! Ha ! canaille noire et blanche, je vous ferai tous aller aux galères, pendre et rouer vifs comme vous le méritez si bien. Je vous recommanderai à M. le prévôt, soyez tranquilles. Morbleu ! ventrebleu ! corbleu ! têtebleu ! sacrebleu ! Ces drôles me feront à la fin sortir de mon caractère. Champagne, Basque, Galopin, Marmelade, Similor, Giroflée, holà ! Les bourreaux ! je n'en puis plus, je meurs ! ouf ! »

Le duc Alcindor, suffoqué de rage et étranglé par un nouveau paquet d'invectives qui lui montait dans la gorge, tomba comme épuisé sur le dossier de sa chaise.

La porte de la chambre s'ouvrit et laissa passer enfin une grosse tête de nègre, ronde, joufflue, et d'autant plus joufflue qu'elle avait les bajoues fort exactement remplies d'une caille au gratin, dérobée à l'office, et dont la déglutition avait été interrompue par les cris forcenés d'Alcindor.

C'était Similor, le nègre favori de M. le duc. Par derrière pointait timidement le nez aigu de Giroflée.

« Je crois que petit maître blanc appeler moa noir, dit le nègre Similor d'un ton demi-patelin, demi-effrayé, en tâchant de remuer sa large langue à travers l'épaisse pâtée de pain et de viande qui lui farcissait la bouche.

– Ah ! tu crois, brigand, que je t'appelais ? Je te ferai écorcher vif et retourner comme un vieil habit, pour voir si la doublure de ta peau est aussi noire que l'étoffe. Tiens ! misérable !… » Et le duc, dont la rage s'était ravivée en s'exhalant, prit un flambeau sur la table et le jeta à la tête du nègre. Le flambeau alla droit à une glace qu'il rompit en mille morceaux.

Similor, habitué à ces façons d'agir, se laissa tomber à plat ventre sur le tapis en criant piteusement : « Aïe ! aïe ! aïe ! petit maître, ze suis mort ! » et en faisant des grimaces bouffonnes qui manquaient rarement leur effet : « Le zandelier m'a passé à travers le corps. Ze sens un grand trou. Ze suis bien mort cette fois. Couic !

– Allons cuistre dit Alcindor, dont la colère était passée, en lui donnant un grand coup de pied au derrière, finis tes singeries ; et vous, Giroflée, puisque vous voilà, accommodez-moi, car je ne veux plus sortir aujourd'hui. Coiffez-moi de nuit, Giroflée, et vous, Similor, allez faire défendre la porte à tout le monde. Cependant, s'il vient une dame en capuchon noir, petit pied et main blanche, laissez-la monter. Mais, pour Dieu ! qu'on n'aille pas se tromper et admettre Elmire ou Zulmé, deux espèces qui m'assomment et dont j'ai assez depuis huit jours. »

Cela dit, Alcindor s'établit dans une duchesse, et Giroflée commence à l'accommoder. Similor se tenait debout devant lui, tendant des épingles à mesure qu'on en avait besoin, montrant la langue, faisant des grimaces, et tirant la queue à un sapajou qui, à chaque fois, poussait un glapissement aigre et faisait grincer ses dents comme une scie.

CHAPITRE VIII

PERPLEXITÉ

Je dois l'avouer, le duc Alcindor, quoiqu'il eût deux cent mille livres de rentes, la jambe bien faite et de belles dents, n'avait pas la moindre invention et était d'une pauvreté d'imagination déplorable. Cela ne paraissait pas tout d'abord il avait du jargon et du vernis ; ajoutez à cela l'assurance que peuvent donner à quelqu'un qui n'est pas mal fait de sa personne une fortune de deux cent mille livres de rentes en bonnes terres, un grand nom, un beau titre, l'espoir d'être nommé bientôt grand d'Espagne de la première classe, et vous concevrez facilement que le duc ait pu passer dans un certain monde pour un homme extrêmement brillant ; mais une nullité assez réelle se cachait sous ces belles apparences.

Alcindor, qui se croyait obligé d'avoir la comtesse Éliante parce qu'elle était à la mode, et que naturellement toutes les femmes à la mode reviennent aux hommes en vogue, avait d'abord été fort charmé que le don de Fanfreluche eût été mis comme seule condition à son bonheur.

Il avait redouté de passer par tous les ennuis d'une affaire en règle et d'un soupirant avoué, et craint qu'Éliante, pour rendre son triomphe plus éclatant, ne lui fît grâce d'aucune des gradations d'usage que le progrès des lumières a singulièrement simplifiées depuis nos gothiques aïeux, mais qui peuvent bien encore durer huit mortels jours quand la divinité que l'on adore tient à passer pour une femme à grands principes et à grands sentiments.

D'ailleurs, le chevalier de Versac, le rival détesté d'Alcindor pour l'élégance de sa fatuité, le bon goût de ses équipages, la richesse et le nombre de ses montres et de ses tabatières, avait eu madame Éliante avant lui, et même, disait-on, en premier. C'est ce qui avait porté Alcindor à désirer prendre un engagement avec Éliante, et à lui rendre des soins extrêmement marqués. Quoique Éliante l'eût reçu toujours assez favorablement, sa flamme n'avait guère eu la mine d'être couronnée de sitôt, jusqu'à l'espérance, pour ainsi dire positive, que la jeune comtesse lui avait donnée à propos du bichon Fanfreluche.

Une jolie femme pour un joli chien ! cela avait semblé tout d'abord au duc Alcindor un marché très excellent. Rien ne lui avait paru plus aisé que d'avoir Fanfreluche mais au fond rien n'était moins facile. Les pommes d'or du jardin des Hespérides gardées par des dragons n'étaient rien au prix de cela ; on s'en fût procuré un quarteron avec moins de peine qu'il n'en eût fallu pour arracher de la précieuse toison de Fanfreluche une seule de ses soies.

Comment en approcher ? Le demander à la marquise ? elle aurait plutôt renoncé au rouge et donné ses diamants. Le voler ? elle le portait toujours dans son manchon. – Le pauvre duc ne savait que résoudre sa perplexité était au comble.

« Ah ! ma foi ! vivent nos chères impures ! Il n'y a rien de tel au monde que l'Opéra pour la commodité des soupirs. Ces demoiselles sont pleines de bon sens et ne donnent pas ainsi dans les goûts bizarres ; elles veulent du solide et du positif. Avec des diamants, de la vaisselle plate, un carrosse ou quelque autre misère de ce genre, on en est quitte. Je vous demande un peu quelle idée est celle-là, de vouloir le bichon de la marquise précisément ? Je lui donnerais bien volontiers, en retour de ses précieuses faveurs, une meute tout entière de petits chiens tout aussi beaux que Fanfreluche ; mais point ; c'est celui-là qu'elle veut. Ce n'est pas que je sois fort amoureux de cette Éliante ; elle n'a de beau que les yeux et les dents, elle est maigre, et son charme consiste plutôt dans les manières et la tournure. Pour ma part, je préfère la Rosine et la Desobry ; mais je dois à ma réputation d'avoir et d'afficher Éliante, car l'on m'accuse de trop me laisser aller aux facilités en amour, et quelques-uns de mes envieux, en tête desquels est Versac, répandent sous le manteau que je n'ai pas la suite qu'il faut pour avoir des triomphes de quelque consistance. Ainsi donc, il est d'urgence que j'aie Éliante, mais pour cela il faut Fanfreluche. Diable ! diable ! quelle fantaisie de rendre un duc et pair voleur de chien !

– Si monsieur remue ainsi, objecta timidement Giroflée, je ne pourrai jamais venir à bout de le coiffer.

– Monsieur blanc remuer effectivement beaucoup, ajouta Similor en pinçant l'oreille du sapajou.

– Giroflée, mon valet de chambre, et vous, Similor, mon nègre favori, je vous avouerai que vous coiffez un duc dans le plus grand embarras.

– Qu'y a-t-il, monsieur le duc ? dit Giroflée en roulant une dernière boucle ; qu'est-ce qui peut embarrasser un homme comme vous ?

– Vous croyez, vous autres faquins, qu'un duc et pair est au-dessus des mortels ; cela est bien vrai, mais cela n'empêche pas que je ne sache que résoudre dans une situation difficile où je me trouve. Ô Giroflée ! ô Similor ! vous voyez votre maître chéri dans une perplexité étrange.

– Si monseigneur daignait s'ouvrir à moi… dit Giroflée en posant la main sur son cœur.

– S'ouvrir à nous… interrompit Similor, qui voulait à toute force entrer dans la confidence pour partager les bénéfices qu'elle amènerait inévitablement.

– Et me confier… continua Giroflée.

– Et nous confier… interrompit de nouveau Similor.

– Ce qui le tourmente… »

Similor, croyant avoir constaté sa part dans la confidence et sachant qu'il n'était pas à beaucoup près aussi grand orateur que Giroflée, le laissa achever tranquillement sa phrase :

« Je pourrais lui être de quelque utilité et lui suggérer quelques idées. Je saisis ici l'occasion de protester de mon dévouement à monsieur le duc, et je lui promets que, s'il fallait que le fidèle Giroflée exposât sa vie pour lui faire plaisir, il n'hésiterait pas un instant.

– Nous… ajouta monosyllabiquement le silencieux Similor, qui tenait à établir la dualité, et que les je trop fréquents de Giroflée inquiétaient singulièrement.

– Bien, bien, mes enfants, vous m'attendrissez, ne continuez pas. Voici en deux mots de quoi il s'agit : il faut voler Fanfreluche, le bichon de la marquise. Cinquante louis pour vous, si vous l'avez cette semaine, et vingt-cinq, si vous ne l'avez que dans quinze jours. »

Giroflée pâlit de plaisir, Similor fit la roue, car voler un chien semblait à ces deux fripons fieffés un pur enfantillage. Même Similor, qui était consciencieux, dit à son maître :

« Monsieur le duc, si vous voulez, on vous volera encore quelque chose par-dessus le marché.

– Ah ça ! marauds, ne volez que le chien, ou je vous roue de coups tout vifs, ajouta le duc en manière de réflexion patriarcale ; Similor, vous avez trop de zèle. »

Giroflée, qui était un homme d'une prudence consommée, eut soin de se faire avancer par le duc la moitié de la somme, disant que l'argent est le nerf de la guerre, et qu'il faut en avoir même pour voler. Le duc, dont la confiance en la probité de Giroflée n'était pas des plus illimitées, fit d'abord la sourde oreille, mais enfin il se décida à donner les vingt-cinq louis. Giroflée, pour le consoler, lui fit un mémoire admirablement circonstancié d'après lequel il paraissait même devoir mettre de l'argent de sa poche.

MÉMOIRE DE GIROFLÉE

« Dix louis pour acheter un déshabillé gorge de pigeon à Mlle Beauvau, femme de chambre de la marquise et gardienne du petit chien Fanfreluche, afin de la disposer favorablement à l'égard de Giroflée et de lui faciliter l'accès dans la maison.

« Dix louis pour faire boire le suisse et captiver sa confiance, afin qu'il ne s'opposât pas à la sortie du susdit Fanfreluche emporté par le susdit Giroflée.

« Un louis de gimblettes, croquignoles, caramel, amandes, pralines et autres sucreries, destinés à affrioler et à corrompre la probité du bichon.

« Plus, quatre louis pour une petite chienne carline qui aiderait considérablement Giroflée dans ses projets de séduction. »

Sur ce mémoire, le délicat valet de chambre ne comptait pas son temps, sa peine tant spirituelle que corporelle, et ce qu'il en faisait n'était que par pure affection envers M. le duc, pour qui il eût volontiers risqué les galères. Alcindor, touché d'un si beau dévouement, ne put s'empêcher de trouver que le mémoire était fort raisonnable.

Similor et Giroflée, après s'être partagé les vingt-cinq louis, se mirent en campagne avec une ardeur si incroyable, qu'au premier coin de rue ils se sentirent une prodigieuse altération qui les força d'entrer dans un cabaret pour boire une bouteille ou deux. Mais leur soif ne se le tint pas pour dit, et ils furent obligés de faire venir deux autres bouteilles, ainsi de suite jusqu'au lendemain, de sorte que les jambes leur flageolaient un peu lorsqu'ils sortirent de ce lieu de délices, ce qui ne les empêcha pas d'aller faire une nouvelle station dans un nouveau cabaret à vingt pas de là, jusqu'à l'épuisement de leurs finances. Alors ils s'en allèrent sur le pont Neuf acheter un bichon assez conforme à Fanfreluche, qui leur coûta une pièce de vingt-quatre sous, et qu'ils apportèrent triomphalement au duc Alcindor.

CHAPITRE IX

LE FAUX FANFRELUCHE

Alcindor fut on ne saurait plus satisfait de la célérité d'agir de Similor et de Giroflée ; – il possédait donc ce précieux bichon qui faisait tourner la tête à tant de jolies femmes, ce ravissant Fanfreluche qui avait fait pâlir l'étoile de l'abbé V***, ce délicat et curieux animal dont la marquise était plus fière que de son attelage de chevaux soupe au lait, de son chasseur haut de six pieds et demi, et de son jockey à fourrer dans la poche, qu'elle aimait plus que ses amants, son mari et ses enfants, plus que le whist et le reversi. Quelle allait être la joie d'Éliante en recevant le cher petit chien dans un corbillon doublé de soie et tout enrubanné de faveurs roses ! Quels langoureux tours de prunelle, quels regards assassins, quels adorables petits sourires allaient être décochés sur l'heureux Alcindor, jusqu'au moment, sans doute très prochain, où sonnerait l'heure du berger si impatiemment attendue ! « Versac va en crever de rage, car, malgré ses airs détachés, je le soupçonne très fort d'être encore amouraché de la comtesse Éliante et de mener une intrigue sous main avec elle, » se dit Alcindor en faisant craquer ses doigts en signe de jubilation.

Le duc, pour ne pas perdre de temps, résolut d'aller porter le soir même à la jeune belle le Fanfreluche supposé dont il était loin de suspecter l'identité ; la mine innocente de Similor et de Giroflée éloignait du reste toute idée de fraude Alcindor était à cent lieues de supposer que ce chien, pour lequel il avait donné vingt-cinq louis, ne coûtait effectivement que vingt-quatre sous. La ressemblance était complète pattes torses, nez retroussé, marque sur les yeux, queue en trompette ; deux gouttes d'eau, deux œufs ne sont pas plus pareils. Alcindor heureusement ne s'avisa pas de faire répéter le menuet au Sosie de Fanfreluche ; le bichon du pont Neuf, totalement étranger aux belles manières du grand monde, se fût trahi par la gaucherie et l'inexpérience de ses pas.

Alcindor, voulant soutenir avantageusement la concurrence avec Fanfreluche, fit une toilette extraordinaire ; son habit était de toile d'or, doublé de toile d'argent, avec des boutons de diamant, disposés de manière que chaque bouton formât une lettre de son nom ; un jabot de point de Venise valant mille écus, et noblement saupoudré de quelques grains de tabac d'Espagne, s'épanouissait majestueusement sur sa poitrine par l'hiatus d'une veste de velours mordoré ; sa jambe, emprisonnée dans un bas de soie blanc à coin d'or, se faisait remarquer par l'élégante rotondité du mollet et la finesse aristocratique des chevilles. Un soulier à talon rouge comprimait un pied déjà très petit naturellement ; une frêle épée de baleine à fourreau de velours blanc, avec une garde de brillants, la pointe en haut, la poignée en bas, relevait fièrement la basque de son habit. Quant à sa culotte, j'avoue à regret que je n'ai pas pu constater assez sûrement de quelle étoffe elle était faite ; il y a cependant lieu de croire qu'elle était de velours gris de perle ; cependant je ne veux rien affirmer.

Quand Giroflée eut achevé de ramasser avec un couteau d'ivoire la poudre qui était attachée au front de M. le duc, il éprouva un mouvement d'orgueil ineffable en voyant son maître si bien habillé et si bien coiffé, et il courut prendre un miroir qu'il posa devant le duc.

« Monsieur, je suis content de moi ; vous êtes au mieux, et je ne crois pas que monsieur rencontre beaucoup de cruelles ce soir.

– Si monsieur avait la figure peinte en noir, il serait bien plus beau encore, mais il est bien comme cela, ajouta Similor, toujours attentif à se maintenir en faveur et à ne pas se laisser dépasser en flagornerie par l'astucieux Giroflée.

– Similor, appelez Marmelade, » dit le duc. Marmelade parut ; c'était un nègre de grande taille. « Faites atteler le carrosse. »

La voiture prête, le duc descendit en fredonnant un petit air ; il portait à son cou, dans un petit corbillon, le faux Fanfreluche avec la plus parfaite sécurité. – L'équipage du duc était du meilleur goût et conforme au dernier patron de la mode : cocher énorme, bourgeonné, ivre-mort, avec la coiffure à l'oiseau royal, un lampion volumineux, des gants blancs, des guides blanches, un monstrueux collet de fourrure ; des laquais à la mine convenablement insolente, portant des torches de cire, deux devant et trois derrière, le tout dans les règles les plus étroites. Le carrosse était sculpté et doré, avec les armoiries du duc sur les panneaux, et d'une magnificence tout à fait royale. – Quatre grands mecklembourgeois, alezan brûlé, la crinière tressée et la queue nouée de rosettes aux couleurs du duc, traînaient cette volumineuse machine.

Alcindor, enchanté de lui-même et plein des plus flatteuses espérances, dit au cocher de toucher vivement ses chevaux et d'aller grand train. Le cocher, qui ne demandait pas mieux que de brûler le pavé, qui, pour un empire, n'aurait cédé le haut de la chaussée à personne, et qui eût coupé l'équipage d'un prince du sang, tant il était infatué de la dignité de sa place, lança ses quatre bêtes au plein galop, nonobstant les cris des bourgeois et autres misérables piétons qu'il couvrait malicieusement d'un déluge de boue. En quelques minutes on fut à la porte de l'hôtel d'Éliante.

Le duc monta et fit annoncer : « Il signor Franfrelucio et le duc Alcindor. » Quoique Éliante ne fût pas visible, parce qu'elle s'habillait pour aller à l'Opéra, le nom magique de Fanfreluche, pareil au : Sésame, ouvre-toi, des contes arabes, fit tourner les portes sur leurs gonds et tomber toutes les consignes.

Quand Éliante vit dans le corbillon suspendu au cou d'Alcindor le faux Fanfreluche assis sur son derrière et levant le museau d'un air passablement inquiet, elle fit un petit cri aigu, et, frappant de plaisir dans ses deux mains, elle courut vers le duc et lui dit : « Alcindor, vous êtes charmant. »

Puis elle prit le bichon ébaubi de tant d'honneur et le baisa fort tendrement entre les deux yeux.

Alcindor ne fut nullement surpris de la préférence de la comtesse pour le bichon et attendit patiemment son tour. Nous avons oublié de dire qu'Éliante s'était levée si brusquement, que son peignoir de batiste s'était dérangé, de façon qu'Alcindor reconnut avec plaisir qu'il s'était abandonné à un mouvement de mauvaise humeur, et qu'Éliante n'avait pas de beau que les dents et les yeux.

« Madame, fit gracieusement le duc Alcindor, je ne suis pas le diable, je ne suis pas votre mari, je suis tout bonnement un homme qui vous adore. Voilà Fanfreluche ; souvenez-vous de ce que vous avez dit. »

Éliante donna un franc et loyal baiser au duc Alcindor ; mais vous savez qu'en fait de baiser avec les jolies femmes, chacun se pique de générosité et ne veut pas garder le cadeau qu'on lui fait. Alcindor, qui n'était pas avare, rendit donc à Éliante son baiser considérablement revu et augmenté. Heureusement que Fanchonnette entra fort à propos.

« Ayez la bonté de vous tenir un peu derrière ce paravent ; dès qu'on m'aura mis mon corset, l'on vous appellera…

– Venez, monsieur, c'est fait, » dit Fanchonnette.

Alcindor sortit de derrière son paravent.

Éliante était toute coiffée avec un œil de poudre, deux repentirs de chaque côté du col, un hérisson sur le haut de la tête, les sept pointes bien marquées, et des crêpés neigeux qui faisaient admirablement près de sa fraîche figure. Des plumes blanches posées en travers lui donnaient une physionomie agaçante et mutine. Bref, elle était suprêmement bien.

On lui mit sa robe, elle avait un panier de huit aunes de large. La jupe était relevée de nœuds et de papillons de diamants ; sa robe de moire, rose-paille, du ton le plus tendre, flottait autour de sa taille de guêpe avec des plis riches et abondants ; son corset, à demi fermé par une échelle de rubans, laissait entrevoir des beautés dignes des princes et des dieux ; elle n'avait d'ailleurs ni collier ni rivière ; Éliante savait trop bien que le cou distrairait du collier, et que chacun crierait au meurtre pour le moindre vol fait aux yeux ; pour tout ornement, une seule petite rose pompon naturelle s'épanouissait à l'entrée de ce blanc paradis. Ses mules pareilles à sa robe auraient pu servir à une Chinoise.

« Duc, j'ai une place dans ma loge, dit Éliante ; vous me reconduirez, » ajouta-t-elle en souriant.

Le duc Alcindor s'inclina respectueusement ; Éliante prit Fanfreluche-Sosie dans son manchon, et l'on partit pour l'Opéra.

On donnait un ballet d'un chorégraphe à la mode la salle était comble ; depuis les loges de clavecin jusqu'aux bonnets d'évêque, toutes les places étaient prises. Ce chorégraphe excellait surtout à rendre le sentiment de l'amour par une suite de poses d'un dessin tout à fait voluptueux, sans jamais outrager la décence. La vivacité de cet impérieux sentiment qui soumet les dieux et les hommes se traduisait par des pas pleins de feu et des attitudes passionnées prises sur la nature. On applaudissait le gracieux Batylle et la pétillante Euphrosine comme ils le méritaient, c'est-à-dire à tout rompre ; les vieux connaisseurs de l'orchestre avaient beau vanter aux jeunes gens la grâce noble et les poses majestueuses de la danseuse qui tenait auparavant ce chef d'emploi, on les traitait de radoteurs, et personne ne voulait les écouter.

Alcindor, tout à sa conquête, ne prêtait qu'une très légère attention à ce qui se faisait sur la scène ; Éliante était enivrée du bonheur de posséder Fanfreluche et de l'idée du désespoir de la marquise privée du bichon chéri.

Cependant les décorations étaient fort belles et méritaient des spectateurs plus attentifs.

On y voyait la grotte du dieu de l'onde, avec des madrépores, des coraux, des coquilles, des nacres de perles imités en perfection et du plus singulier éclat ; un palais enchanté au-dessus de tout ce que les contes de fées renferment de plus opulent et de plus merveilleux, des descentes avec des gloires et des vols de machines admirablement exécutés. Mais Alcindor s'occupait d'Éliante, et Éliante s'occupait de Fanfreluche, et aussi un peu d'Alcindor, dont la mine et le riche habillement l'avaient frappée particulièrement le soir.

Pour le faux Fanfreluche, il faisait assez piteuse figure ; il n'était pas accoutumé à se trouver en si bonne compagnie, et, les deux pattes appuyées sur le devant de la loge, il considérait tout d'un œil effaré.

Soudain, ô coup de théâtre inattendu ! la porte d'une loge s'ouvre avec fracas. Une dame, étincelante de pierreries, très décolletée, avec du rouge comme une princesse, en bel habit bien porté, se place avec deux ou trois jeunes seigneurs : c'est la marquise. Un petit chien sort la tête de son manchon, pose les pattes sur le devant de la loge avec un air d'impudence digne d'un duc et pair ; c'est Fanfreluche, le vrai, le seul inimitable Fanfreluche.

Éliante l'aperçoit, ô revers du sort ! Elle lance au duc stupéfait un regard foudroyant ; puis, suffoquée par l'émotion, elle se pâme et s'évanouit complètement. On la remporte chez elle, où l'on est plus d'une heure à la faire revenir : ni les sels d'Angleterre, ni l'eau du Carme, ni celle de la reine de Hongrie, ni les gouttes du général Lamothe, ni la plume brûlée et passée sous le nez, ne peuvent la tirer de cet évanouissement, et, si la menace de lui jeter de l'eau à la figure ne l'eût rappelée subitement à la vie, on aurait pu la croire véritablement morte. Alcindor est inconsolable.

Car Éliante ne veut plus le recevoir, et il se distrait de sa douleur en bâtonnant deux fois par jour Giroflée et Similor, que cette considération seule l'a empêché de chasser.

Cependant on prétend que quelques jours après il a reçu d'Éliante un petit billet ainsi conçu :

« Mon cher duc, j'ai cru que vous aviez voulu me tromper sciemment ; j'ai su depuis que vous aviez été vous-même la dupe de Similor et de Giroflée. Le bichon que vous m'avez donné ne manque pas de dispositions et ne demande qu'à être cultivé pour éclipser Fanfreluche ; vous dansez comme un ange, voulez-vous être son maître à danser ? Adieu, Alcindor. »

Deux mois après, le bichon Pistache, plus jeune, plus souple et plus gracieux, avait complétement effacé la gloire du bichon Fanfreluche, et Alcindor avait donné un bon coup d'épée au chevalier de Versac qui ne voulait pas que l'on allât sur ses brisées. Versac ne se releva pas de cet échec, et Alcindor devint décidément l'homme à la mode.

Lecteur grave et morose, pardonne ce précieux entortillage à quelqu'un qui se souvient peut-être trop d'avoir lu Angola et le Grelot, et dont la seule prétention a été de donner l'idée d'un style et d'une manière tout à fait tombés dans l'oubli.